길 위의 섬

이정희 시집

들녘

머리말

　안양천에 나가보니 시리게 푸른 하늘이 물 위에 내려앉았다. 유난히 반짝이는 빛이 수면의 껍질을 뚫고 갈기를 물속으로 헤집으며 품속으로 들어가고, 우두커니가 된 백로는 꼼짝 않고 지켜보고 서 있다. 왜가리는 물수제비를 뜨듯 물 위를 통통거리며 재주를 부린다. 물은 잠시도 주저하거나 멈추지 않고 쉼 없이 흐르고 변화무쌍하다. 강가에 우묵한 우듬지를 만들어 푸른 발들을 끌어안는다.

　나도 호수처럼 고여 있지 않고 흐르는 냇물을 닮은 시를 쓰고 싶다. 바람과 구름이 잠시 머물러 가고, 벌과 나비가 찾아오는 틈을 마련하고프다. 젖은 몸을 떨며 누에고치처럼 나를 닮았지만 내가 아닌 말들을 풀어내고 가장 낮은 자세로 자연을 노래하는 새가 되고프다. 가보지 못한 길에 대한 연민으로 주저하기보다는 스스로가 주체가 되어 사시사철 얼굴을 바꾸는 풀과 나무를 노래하고 어둡고 절망적인 삶속에서도 질경이처럼 고개를 드는 사람들의 친구가 되고 싶다.

　가을이 익어 겨울 따뜻한 숨결이 필요할 때 4년간 모은 시들을 모아 첫 시집으로 내게 되었으니 시 들이 날개를 펴 멀리 날아가 언 마음을 녹여주길 바란다. 저에게 힘과 용기를 주고 지도편달해 주신 오봉옥 교수님께 감사드리고 세심한 배려로 좋은 시집을 만들어 주신 황송문 교수님께도 심심한 사의를 표한다. 내가 사랑하는 모든 분들에게 축복을 기원한다.

2016년을 시작하며 이정희 씀

차 례

제1부 푸른 종소리

제2부 **겨울 이야기**

제3부 안개 속에 잠긴 섬

■ 제1부

푸른 종소리

물안개

신새벽 저수지 수면 위로
모락모락 하얀 물안개가 피어난다
골짜기의 정적을 몰고 오고
골짜기의 고독을 데리고 와
조용히 천천히 탑을 쌓는다.

물이란 놈은 변신의 귀재다
자궁이 없어 잉태할 수 없음에도
부풀어 터지는 연꽃인가 했더니 어느새
발톱을 세우고 비상하는 매가 되어
잠방거리는 수면 위를 빙글빙글 돌며
범접 못할 신성구역으로 선을 긋고 있다.

짧은 찰나 희뿌옇게 품었던 꿈들이
햇살의 갈기 속으로 급회전하며
사라질 위기에 처해도 결코 흔들림이 없다
아주 천천히 느릿느릿 발끝으로 공을 굴리며
제 몸을 바꿔가고 있는 중이다.

무 구덩이

늦가을 늙은 고춧대를 뽑아 낸 텃밭에 구덩이를 판다
둥그렇게 흙을 파 내려가면 땅속 세상은 맑고 깨끗하다
지푸라기를 솔솔 펴서 무들이 쉴 자리를 깐다
못난 놈 잘난 놈 잘 빠진 놈 구별 없이
한 구덩이 소복이 쌓으면 땅속 향기에 젖은
무들은 싱싱한 엔진을 가동한다.

무덤 속 세상은 무들의 세상
겨울을 견디는 건 그들의 몫이다
트림과 방귀가 드나들 옆구리 쪽문도 있다
완벽한 UFO가 되어 세상을 둥둥 떠다니며
달빛 햇빛 맛나게 골라먹는다.

나는 가끔 탐험선 옆구리로 난 문을 열고
짧은 팔을 푹 찔러 넣어 염탐을 하다
깜깜한 허공을 부지깽이 창으로 찌르기 시작한다
여기저기 마구 찌르다보면
창끝에 미끈한 놈이 걸려 나온다

솜털 같이 뽀송한 하얀 뿌리에
땅속 이야기가 주렁주렁 매달려있다.

기타 치는 노인

한내천변 다리 아래에서
늙수그레한 노인이
어스름과 함께 벤치 하나 차지하고
어둠의 무게만큼 기타를 칩니다.

머릿속 잠자는 언어를 일으켜 세우 듯
손가락을 퉁겨가며
실타래를 풀어 놓듯 음을 찾아 냅니다.

누런 보리밭을 지나게 하고
밤나무 향기를 끌어 모으기도 하고
토끼풀 귀를 간질거리기도 합니다.

하필 습기 차고 가로등도 없는 곳에서
자신의 등을 활처럼 구부리고
수금을 고르는지 까닭이 궁금해집니다.

연기도 불꽃도 없이 다 타버린
세월을 다시 활활 지피려는가
못 다 이룬 꿈 조각을 떼어 붙이 듯
오늘도 붙박이처럼 앉아 기타를 칩니다.

낮게 느리게 깔려오는 음은
그의 인생만큼이나 녹 쓸어 삐걱거립니다.

켜켜이 쌓아 놓은 그늘을 뚫고
발아 된 생명과도 같은 소리들이
신들린 손끝에서 꽃으로 피어납니다.

배추김치

배추는 선천적으로 허기가 져
잡식성으로 아무거나 잘 먹는다.

햇살의 속살을 야금야금 파먹고
스쳐 지나가는 바람의 살점까지
슬쩍 베어 먹는다.

달밤의 서늘한 어둠까지 먹어 치운
통통한 뱃살을 자랑하며 꿈에 부푼다.

부드러운 살결과 샛노란 속살은 매력 포인트
뻣뻣하기로 말하면 칼까지 팅팅 퉁기더니
속눈썹을 살포시 내려 깔았다.

바다 소금 왕자의 합방 제의에
순순히 응하고
다리는 슬그머니 풀어지고
입술은 뜨거운 입맞춤을 원한다.

탐스런 곡선 구석구석
곱게 화장을 한다.

가느다란 쪽파가 눈썹달이 되어
찡긋 웃는 붉은 뺨에 걸리자
선홍빛 노을이 눈부시게 곱다.

겨울 풍경

동네 뒷산 어머님 산소를 찾아가는데
길옆 바닥이 훤히 보이는
작은 우물 옆에 두레박이 앉아있다.

등목을 언제 했는지
바짝 마른 알몸으로 짧은 해를 핥고 있다.

잠시
먼 산을 바라보는 황소 눈망울처럼 무료하다.
반쯤 얼음이 터질 듯 팽팽한 두레박은
슬픔으로 꽉 찬 내 마음처럼 단단하다.

산에서 불어오는 쓸쓸한 바람은
마른 풀의 밑둥만 흔들다 초점 없이 흩어진다.

어느 겨울날 강릉 휴게소에서
갓 구운 감자를 혼자 우물거리다
자리를 떠나는 노인의 빈 어깨만큼 허허로웠다.

길 잃은 강가를 지느러미도 없이 떠돌다
꽁꽁 묶어버린 어머님의 세월만큼 암울하다.

게발선인장

늦가을에 게발선인장을 사서 창가에 두었다
여섯 갈래의 꽃잎이 사르르 부채처럼
펼쳐지며 하늘거리는 세상을 열고 있다
오므린 심지 하나 엄마 가슴을 파고드는
아이의 작은 입술처럼 앙증맞다.

붉은 입술이 구름을 끌어모으자
그걸 본 하얀 수술이 해롱거린다
유난히 긴 암술 기둥 끝 빨간 점은
붉은 태양을 마시는 촉수가 되어
여자들 달거리만큼이나 새빨갛다.

잠시 눈을 감았다 떠보니 꽃이 학처럼
날개를 쭉 펴고 날아오르는 듯하다
나도 학의 날개에 올라타고
푸르게 물결치는 들판을 힘차게
날아오르는 꿈을 꾸게 한다.

길 위의 섬

콘크리트 바닥에 마른 웅덩이를 파고
강물처럼 흐르는 발길을 잡으려 합니다
나를 스치고 지나가는 수많은 사람들 중에서
따뜻한 인정이 건너오기도 합니다.

콘크리트 바닥에 납작 붙은 자라처럼
목을 빼고 하늘을 올려보기도 하고
끔벅이며 길 위의 세상을 훔쳐보기도 합니다.
종일 땅바닥에 엎드려 있다 보면
몸은 온기를 빼앗겨 차가운 돌처럼 굳어가지만
나도 화톳불 같은 식구가 있는 가장입니다.

세상의 온갖 눈총을 다 받아내며 침몰할 듯
남실거려도 결코 가라앉지 못하는 쪽배입니다.

낙엽이 뒹굴어 내 코앞에서 멈춥니다
찢기고 상처 입은 모습이 나를 닮았습니다
사람들 시선에서 어둔 그림자로 남겠지만
메마른 길 위의 소용돌이를 묵묵히 건더냅니다.

꼴 마중

어머닌 땅콩밭과 수수밭에 파묻혀
종일 꼴을 베었다
새끼줄 두 개 땅바닥에 펴고
풀들을 차곡차곡 쌓아 올린 후
꽁꽁 밟아 한방에 거침없이 머리위로 올린다
삐죽 튀어나온 풀들이 쿨렁거리며
제멋대로 넌출거린다
빛은 저물어 어둠속으로 걸어 들어가고
캄캄한 밤에 별들은 총총 빛난다
점하나가 어둠을 밟고 머리 없는 허수아비
목 위에 딸랑 앉아 절뚝이며 온다
엄만 축축한 뿌리 진창에 묻고
발그레한 웃음 짓는 연꽃이 되어
풀꽃 그림자를 만들며 걸어오고 있다
툴툴거리는 마음 내색하지 않고
머리 위 꼴짐을 내 머리 위로 옮긴다
코끝이 찡하다.

엄마는 말없이 쿵덕쿵덕
디딜방아를 찧으며 따라 온다
난 머리 위 꼴짐이 푸드득 새가 되어
날아가는 요상한 꿈을 꾼다.

빈집

빈집 허름한 담벼락 담쟁이넝쿨이
갓 잡은 푸른 생선처럼 파닥거린다.

굳게 닫힌 대문을 열고 마당에 들어서니
수돗물이 얼어 터져 맨살을 보이며 누워있고
화장실 변기 물은 허연 설산처럼 솟구쳐있다.

창틀의 고운 살은 부풀어 터져 올랐고
덧니처럼 녹슨 못이 빈 벽의 주인이 되었다.

중심을 두고 금 간 유리의 살들은
공작새의 날개처럼 허허롭다.

가을바람에 떨어진 목련 잎은
마당귀를 쓸며 초련을 연주하고
주인의 체취가 묻은 뒷마당 푸른 토마토는
폐교의 그네처럼 숨죽이며 망부석이 되었다.

스위치를 올리면 환한 불이
어둠을 순식간에 몰아낼 것 같은
빈집의 고요.

봄비

그가 오기만을 기다렸다
온다는 기별이 온지 한참 지나
기척만 있어도 베란다 창문을 열고
손을 내밀어 보곤 했다.

개나리 진달래도 기다리는 눈치다
고혈을 짜며 공기속의 습기를 끌어
모으느라 혁혁대는 눈치다
비로소 그가 왔다.

솜털처럼 다소곳이 올 줄 알았는데
왈가닥 루시가 되어 사십오도 각도로
사선을 그리며 쏟아졌다
번쩍번쩍 조명탄과 축포를 쏘아 올리며
심술쟁이 바람까지 데려왔다.

남쪽 바다를 건너온 몸에서는
비릿한 냄새와 향긋한 꽃향기가 났다

그는 밤새 마술을 부렸다
앙상한 가지에 연초록 새순이 돋아나고
환한 꽃 등을 달아 놓았다
낱알 같은 새 울음소리도 걸어 놓았다.

섬2

요양원의 흐릿한 불빛 사이로
웃음 강사가 억지웃음을 퍼 나르며
가라앉은 분위기를 풍선 끝에 매달아 놓았다
풀밭 위 나비처럼 살랑대는 웃음을
굴비처럼 엮어
꽃 중에 웃음꽃이 으뜸이라며
최고 최고를 따발총처럼 쏘아댄다
저기 바위처럼 미동도 않는 할머니
섞이는 것을 강하게 거부한다
깊은 심연 누구도 비집고
들어갈 수 없게 벽을 쌓았다
그녀의 마음은 추수 끝난 가을 벌판에
쏟아지는 낙뢰 같은 것
부레가 몸을 허공으로 밀어 올리기도
하여 시간을 거슬러 올라
고추잠자리 휘 도는 장독대에서
노란 국화 따다 항아리 뚜껑에
펴 말리던 가을날을 여행 중이다

고독한 여행이지만 늘
쓸쓸한 것은 아니다.

섬 집

한려수도 잔잔한 바다위에 솟은
장사도 섬 아기집
하얀 뭉게구름이 거친 파도를 따돌리고
잠시 쉬어 가는 곳
문풍지 바른 방문은
조개가 입을 앙 다문 듯 굳게 닫혀 있고
장독대 옆 돌 틈 사이 비비추 하얀꽃 위로
고추잠자리 붉게 날아 오른다
삐쭉 열려 있는 부엌문은
오지 않는 주인을 기다리느라
피곤에 지쳐 창백하고
툇마루도 없이 가난한 살림을 꾸렸을
어부의 젊은 아내가 스친다
방문을 두드리며 들려오던 철썩이는 파도소리
울부짖는 바람소리를 가슴으로 받아내며
뜬 눈으로 보냈을 외로운 밤
동백나무터널 뚫고 다가왔던 그리움
더는 참지 못하고 박차고 나간
여인의 뒷모습이 아른아른 맴을 돈다.

보름달

하늘의 반쪽 산봉우리 너머
저녁 하늘이 붉게 물들고 있다.

구름을 태우고
바람을 태워 거대한 불화로가 되었다.

하늘의 정수리를 화살로 쏘아
붉은 빛을 쏟아 내었다.

사방이 어둠으로 흔들거릴 때
여기저기 구멍 난 깡통에 불을 넣어
휘휘 돌리는데
어울렁더울렁 은근슬쩍
어깨춤 추는 사이
어느새 보름달이 두둥실 웃고 있다.

유월 보리밭

누런 보리들이 뺨을 비비며
로맨티시즘을 선보이고 있다.

숫돌에 낫을 쓱쓱 갈아
자벌레처럼 보리를 다 베어야한다
사각사각 낫이 움직일 때마다
보리 밑둥은 날카롭게
하늘을 향해 고개를 곧추 세운다.

맨발에 슬리퍼를 신은 발은
보리수염에 미끈거리고
뒷산 뜸북새는 뜸북뜸북
맨드라미 볏을 곧추 세운다.

미나리 밭에 고인 물처럼 멈춰 있던 나는
넓은 들의 보리를 베어서 가지런히 깐다
출구가 보이지 않는 세상에 다리를 놓듯
풋풋한 보리를 한 아름씩 깐다.

가을여행

발톱을 세우고 길을 걷는다
코스모스의 연한 잎들은
마음을 흔드는 종소리다.

가슴에 한 땀 한 땀 수놓듯 그려진 수채화는
시간의 덮개를 벗으며 모습을 드러낸다
가을은 늘 뒤뚱거린다
중심은 흩어져 불 켜진 창문만 떠돌다
몸을 던지는 날벌레처럼 어지럽다
은행잎은 바윗돌 같이 단단한 초록을
손톱 밑에 구겨 넣고 노란 귀를 열었다.

난 금방 마른 창호지 속 단풍잎처럼
정지된 시간 속에서 물들고 있다.

푸른 종소리

구세군들은 붉은 심장을 꺼내들고
낮은 거리로 몰려 나왔다
심장은 믿음을 가장 먼저 앞장 세웠다
믿음은 그저 무심히 흘러가는 물결을
끌어당기는 흡인력이 있다
주저 없이 발을 내밀고 손을 내민다
혼자서는 채울 수 없는 것들이
서로 뭉치고 엉키며 따뜻한 가슴을 건져 올린다
억센 발길에 짓밟혀도 꿋꿋하게 다시 일어선다
뜨거운 피의 산맥들은
능선을 따라 길게길게 이어진다
몸이 몸을 받고 정이 정을 받으며
또 다른 새로움을 잉태시킨다
사슬은 고리가 되어 더욱 강하게 끌어 당긴다
줄넘기하듯 하루를 살아가는 사람도
백발의 노신사도, 천사 같은 아이도
붉은 심장이 더 뜨거워지도록 힘을 모은다
보이는 것 보이지 않는 것

흩어진 물방울까지 힘차게 끌어당긴다
12월의 심장은 붉은 핏줄을 훤히 드러내고
고달픔으로 외로워진 어깨를 토닥이며
푸르게 푸르게 변해가는 중이다.

전철로 온 나비

신도림역에서 작은 흰 나비 하나 날아들었다
상처 난 날개 사이로 바람이 자꾸 새는 듯하다
나비는 사람들 어깨에 앉아 보지만
핸드폰 액정에만 박혀있는 눈들은 무관심이다
나비는 분명 투명 망토를 입지 않았는데
사람들 눈엔 아무것도 보이지 않나보다.

어느새 내 앞에서 날개를 파닥거린다
더듬이를 곧추 세우고
작은 입을 오물거리며
여린 발을 파르르 떨고 있다
꺾인 날개로 희미한 눈동자를 굴리며
많은 이야기를 건넨다
뭐라구?
나는 네 말을 알아들을 수가 없구나
허공이 강한 벽으로 우리들 사이를 가로막고 있다.

팔랑거리며 다른 칸으로 날아가는 날개위에
바위 하나 올라앉은 듯 버거워 보인다
저 나비는 오늘 일용할 양식을 구할 수 있을까?
나비는 건조한 사막에서
오아시스를 찾으러 가는 중이다.

가을 숨결

공원을 걷다가
넘실대는 갈대숲의 유혹에 이끌려
벤치에 살포시 앉아본다.

은밀한 밀어를 속닥이며
동그란 두 눈을 뜨고
남실거리는 갈대에 탄성을 쏟는다.

은빛 살결로 하느적이는
부드러운 곡선의 절구질이 유연하다.

숨겨진 갈대의 生은 바람의 몸짓이 되어
껴안고 비비더니 슬픈 노래가 되고 이야기가 된다
덜 아문 항아리 속 짙은 이야기들은
서서히 발효되며 곱게 익어간다.

술렁이는 바람결에 잔잔한 파문이 되어
수평으로 수직으로 나아가더니
아늑한 뜨락이 되어 고요히 눕는다.

봄날 꽃바람 날리며 잘난 체 하던 벚나무
가랑잎마저 떠나보내고 홀딱 벗은 맨몸으로
파수꾼이 되어 서있는 갈대숲 언저리에
고추잠자리 은빛 갈대가 꽃잎인가 멈칫거린다.

강가의 돌

― 친구

안양천변에 고만고만한 돌멩이들이 모여들었다
까만 밤 환한 별처럼 제비의 노란 입이 되어
지지배배 이야기꽃을 피웠다.

우린 형체를 자주 바꾸는 구름이고 바람이어서
엎치락뒤치락 끝없는 논쟁을 벌였다
가느다란 목에 꽃대를 올린 연약한 코스모스
흔들거리기도 했지만
서로 어깨를 비비며 다시 일어서곤 했다.

굳이 약속을 하지 않아도
큰 양푼에 보리밥 고추장 열무침치 넣고
쓱쓱 비벼 숟가락만 걸쳐 퍼 먹던 일은
자연스런 일상이 되었었지.

이제 안양천에 맑은 물이 흘러
잉어가 꼬리를 요리조리 흔들며 올라오고
청둥오리들은 그림처럼 기다렸다
고기를 낚는데.

친구들은 다들 바빠, 나도 바빠

햇빛 한줄기 터널을 빠져 나온 꽃길에서
낚싯줄처럼 팽팽하게
수면에 잠긴 기억들을 건져 올린다.

벚꽃

벚꽃 그늘에서 쏘아올린 말들이
이듬해 또 다른 꽃이 되어 환하게 피어난다
말들은 아주 단단한 씨가 되어
옹이로 박혀 봄만 되면
잊지 않고 찾아온다.

실팍한 바람이 귀를 쫑긋 세우고
꽃과 꽃 사이를 아장아장 맴을 돈다
꽃잎은 병아리 떼 지어
종종거리는 모습을 닮았다.

깃털을 탈탈 털며 부리를 빼어
하늘 향해 노래하듯
꽃도 부리가 있다
팡
팡
팡
벚꽃이 또 하늘에서 말을 건다.

제2부
겨울 이야기

내장산 단풍

내장산 단풍이 으뜸이라
큰 맘 먹고 나선 길
아침부터 비가 추적추적 내린다.

소박한 개울에 떨어진 단풍들은
물고기 우산이 되어 가을비를 맞고 있다
고요한 햇살이 머물었던 어귀에
품바타령 엿장수 노랫가락이 쩌렁쩌렁 울리고
인근 마을에서 원정 온 시골 아낙네들
고만고만한 보따리 무더기로 풀어 놓고
특산물에 함박웃음을 듬뿍 발라 놓았다.

그리운 친구들의 목소리
침묵의 계곡에서 파노라마로 일어선다
손바닥 펴서 다섯 손가락을 맞추어 보던
그 단풍나무는 어디가고
어디에서 옮겨 온지 모르는
타향살이 당 단풍나무들이
빨간 눈물을 뚝뚝 흘리고 있다.

코스모스

화강암 돌층계에서 자란 나는
메마른 땅속의 물기를 쉴 없이
뽑아 올려 몸을 키우고
줄기의 대궁을 넓히기까지 늘 허기졌다.

줏대 없이 흔들리는 꽃이라며
벌 나비의 조롱을 참아야만 했다
눈길 한번 주지 않는 무관심속에서
굵은 비 채찍을 맞아가며 멍이 들고
가뭄으로 숨통이 조여 오는 고통 속에서
환하고 푸르게 나를 지켜 세웠다.

내가 만들어 내는 엷은 미소
내가 만들어 내는 작은 노래가
바람 따라 일렁이는 파문이 되어
흰색 분홍 빨강 꽃등으로
그렁그렁 대는 한 무더기
별 무덤으로 어우러졌다.

비 온 후

장대비가 쏟아진 후 통통거리며
냇가로 달려 나갔다
시뻘건 황톳물은 좁은 냇가를 살찐 돼지처럼
꽉 채우고 빠른 유속을 자랑하며 너울을 만든다
늙은 호박 양은 그릇 냄비 뚜껑 등
셈도 치르지 않고 빼앗은 장물이 산더미다
삽시간에 푸른 들판까지 황톳물로 그득하고
터진 둑 사이로 생채기를 내며 날름거리는
물의 뭉그러진 이빨이 보인다
거대한 혈관 같은 황토물 위로
수박이 고무 튜브처럼 둥둥 떠간다
진창에 벌건 몸을 누이며 깨어진 수박을
어루만지는 가난한 농부의 손이 떨고 있다
물은 조물주의 충실한 심복이라도 된 양
순식간에 뒤집고 주물러 평소 보지 못한
새로운 모퉁이와 절벽을 깎아 놓았다.

땅콩밭 풍경

하천 부지 물기 하나 없는
메마른 밭을 갈아 땅콩을 심었다.

콩 싹이 트기도 전에 밉살쟁이
바래기풀과 비름이 튼실한 살림을 차렸다.

나무 그늘 하나 없는 쨍쨍한 날
콩밭 매는 내 얼굴은 원적외선에 구운
달걀처럼 새까맣게 윤이 나고
말뚝 같이 건조한 엄마 팔에는
여기저기 검버섯이 피어났다.

가슴은 물이 흐르지 않는 강바닥처럼 갈라지고
마른장마에 누런 잎으로 배배 꼬인 길섶의
망초꽃 홀대꽃이 되어 장승처럼 침몰해 갈 때
맑은 하늘에 갑자기 검은 구름이 엉켜
소낙비로 모습을 바꾸고 승냥이처럼 달려들었다.

얼굴과 가슴에 거침없이 쏟아지고
몸빼 바지는 다리에 칭칭 감겨
걸음을 붙잡고 놓아주질 않는데
엄마는 아무런 표정을 드러내지 않고
모르는 척 하신다.

겨울 이야기

촘촘히 새긴 기억들이
언덕을 넘는 저녁 굴뚝처럼 편안하다
함초롬한 가슴은 수초 더미 속 동굴처럼
깊고 아늑하다
아궁이에 청솔가지 듬뿍 넣어
얼음장 같은 구들장 노릇노릇 데웠다
방구들 데운 솔가지 이글거리다 숨이 죽으면
부지깽이 휘휘 저어 고구마를 묻어둔다
자작자작 포근한 밤은 깊어가고
고구마 익는 냄새가 달달하다
주저리주저리 열린 아궁이 밀어는
부지깽이 장단에 한층 정겹다
아궁이에 별똥별이 건너와 까무룩거리고
너 나 할 것 없이 고구마 살점을 한 입 베어
후후 혀를 돌려가며 잘도 먹는다
사랑방 따뜻한 구들에 짝을 이룬 발들이
꼬물거리며 밤새 이야기꽃을 피운다.

밤에 피는 꽃

발에 채이는 광고 종이 나부랭이들
희미한 불빛을 업은 선술집의 취객처럼
차가워진 시멘트 바닥을 뒹군다.

이리저리 바닥을 쓸며 뒹굴다
어둡고 후미진 곳에 곤두박질당해
쓰레기 속으로 흔적 없이 사라지고 말
나뭇잎처럼 야레향의 후예들은
불야성 불빛을 향해 무참히 몸을 던진다.

바다를 탈출한 조각배가
길 위를 점령한 종이배를 이끌고
밤에 향기를 끌어 올리는 꽃이 되어
어둠의 마차를 빼앗아 타고 야금야금
세상을 점령해간다.

노점상 할머니

바쁜 발걸음이 물결처럼 흘러가고
잔잔한 수면처럼 발걸음이 뚝 끊어질 때가 있다
균형이 맞지 않는 파란색 플라스틱 의자 위에
집에서 싸온 밥과 김치 멸치조림을 펴 놓고
그녀는 모래알 같은 밥을 먹는다.

손님이 오나 안 오나 가자미눈을 뜨고
연신 오가는 발걸음을 주시한다
밥은 낱알이 되어 흩어지며
개울 같은 목구멍으로 힘겹게 넘어간다.

잠시 넋 잃고 쳐다보는 시선 너머에
어떤 세상을 데려다 놓았을까?
쪽찐 머리에 하얀 가르마가 앙상하다.

그녀의 삶은 하늘을 올려다보는 일보다
형형색색 신발들이 오고가는 시멘트 길을
바라보는 시간이 더 길다.

아파트 뒷골목 노점에서 이십년 넘게
철마다 얼굴을 바꾸는 야채들을 팔고 있다
흙 묻은 손으로 쪽파를 다듬는데
어깨 너머로 비수 같은 말이 날아든다
할머니 아직도 장사해요?

말총을 맞은 상처는 질기디 질긴 습성대로
심장 깊은 곳까지 상처를 내지 못한다
기울어지면 금방 쓰러지고 말 것 같아
얼른 깻잎 밴드를 꺼내 덮는다.

그녀도 꽃피는 봄날 화사한 옷 입고
예쁘게 화장하고 나들이 가고픈 여자다.

겨울나무

자식을 떠나보낸 앙상한 가지에
따뜻한 털옷을 입혀주고 싶었는데
마침 하얀 눈이 내렸다.

눈은 허공을 말아 쥐고
위태롭게 흔들리던 가지를
살포시 안아주고 있다.

수의 입은 아버지처럼 고요하다.

산새야

길섶까지 내려와 꼬물거리는 작은 새야
네 모습에 마음을 빼앗겼구나
요리 조리 쳐다보고 또 봐도
너무나 귀엽구나
오물 오물거리는 입
가늘게 파르르 떠는 앙증맞은 발
네 작은 몸에서 뿜어내는 영롱한 빛
발자국소리 가만히 눌러 소리 죽여야 할 때
나도 모르게 손을 뻗었구나
조롱하듯 푸른 탄력으로 땅을 박차고
포르르 나무 위로 날아가 버렸구나.

삼월 영흥도

잠잠하던 바다가 으르렁거린다
파도는 방파제 멱살을 잡아 뒤흔들어보곤
빈손으로 돌아간다
하루벌이를 위해 새벽 길 나섰던 아버지가
허탕치고 뒤돌아서던 모습을 닮았다
따뜻한 오뎅국에 소주 한 잔 마시고 싶은
어깨를 파도는 또 덮는다.

작은 바위섬이 군락을 지어 오종종 몰려있는 곳
새들이 앉기에도 비좁은 섬에
물기를 털며 깃털을 고르는
갈매기의 노곤함이 베인 곳
신명이 나지 않는 삼월의 영흥도
포구 빈 배 위 펄럭이는 깃발 끝
위태하게 매달린 마음을 끌어 당겨
다시는 쓰러지지 않을 수채화를 그린다
비상을 꿈꾸는 새처럼 옹그린 채.

사월이 오면

살구나무 연분홍 연한 살결
흐드러지게 피면
꾹꾹 눌러 놓은 가슴이
크웅 꽃향기에 취한다
비워서 가벼워진 마음은 어떤 것을
걸치지 않아도 넉넉하고
다정한 햇살 받아 투명해진 속살은
맑디맑아 속이 훤히 다 보이지
꽃송이 안에 빙긋 웃는 그대 얼굴이 보여
살짝 얼굴을 돌리는데
어느새 바람이 발갛게 덧칠을 한다
내가 발간 꽃잎이 되고
내가 하얀 꽃비가 되어
낡은 서까래 기둥만큼이나 건조한
그대 가슴에 사뿐히 내려 앉는다
그대는 발이 없고
날 부르는 손짓만 있기에.

눈 내리는 날

한껏 울고 있는 아이의
마음을 훔치고 싶은 이유는 뭘까
눈이 발아래로 무더기무더기 쏟아져 내리듯이
마술사처럼 세상을 뒤바꾸고 싶다
저 눈 밤새 내리면
내 동여맨 억장도 무너져 내릴까
내 줄 마음이 없는데
눈은 허허롭게 다가와서는
툭!
툭!
어깨를 흔들고 지나간다.

눈

까마득히 먼데서
휘적휘적 하얀 눈이 온다.

하얀 이 드러내고 웃던
그분도 함께 온다.

온 세상이 환하다.

사월에는

사월에는
연초록 풀잎으로 맵시 좋은 치마 만들고
노란 개나리 따다 저고리 만들어
분홍 진달래 꺾어 수를 놓아야지.

목련꽃 옷고름
길게 늘어뜨리고

촉촉한 머리카락에
노란 민들레 편 예쁘게 꽂고
벚꽃 편 터널 사뿐사뿐 임 마중 가야지.

살랑 살랑 봄바람
술렁술렁 취하게 하여
꽃향기 깊고 길게 마시게 해야지.

사월에는
배시시 웃는 얼굴

오래도록 지켜보다
제비꽃 보자기에 싸서 안고 와야지.

겨울 공원

한 줌 볕이 따뜻하여 공원 산책로를 돌아보네
훈훈한 인적은 하나 없고 갈대 끝에
사연 많던 시간의 흔적만 옹기종기 모여 있다.

바삭 마른 누런 잔디위에 찬바람이 굴러가고
앙상한 가지엔 소름 돋을 외로움이 가득하다.

봄의 풋풋한 생기는 어디 갔을까
따가운 열기에 대항하던 매미전사의 함성이며
엽서 같은 바람은 어디로 사라져 간 것일까?

하얀 얼음이 갈라진 틈 사이로
청둥오리는 쉴 새 없이 자맥질하며
주저앉은 시간을 세우느라 애를 쓴다.

언 땅이 다시 부르르 몸을 털고 일어나
아픈 상처자국마다 메우며 토해 낼
봄날의 환한 날들을 떠올려본다.

김말똥한의원

큰소리로 입만 웃는 김말똥의 친절은
야채장수가 돌아서는 치마끈을 붙잡는
손길만큼이나 허허롭다.

어디가 얼마나 아프냐며
뭉툭한 손으로 명치와 아랫배를 꾹꾹 눌러보고
손끝에 요술거울을 달아 몸 안의 병을
모두 찾아내는 명탐정이라도 된 듯하더니
이젠 신통방통 침으로 다 낳게 해주겠다고
혈 자리마다 꾹꾹 찔러 댄다.

김말똥은 말똥 같은 눈을 말똥처럼 굴리며
말똥 같은 환약을 가져와서는
이것만 먹으면 말끔하게 다 나을 수 있다고
말똥 구르듯 말똥말똥 얘기한다.

그는 밤마다 형광등 불빛 아래서 돋보기를 낀 채
말똥 같은 만병통치 특효약을 만들고 있다.

여름 산

여름산은 청춘시절
뜸부기 울음은 꽉 찬 숲을 흔들며
메아리를 만든다.

굴참나무 떡갈나무는 두 팔을 높이 들어
동동동 동대문을 만들고
물푸레나무 갈참나무는 허리를 쭉 펴서
남남남 남대문을 만든다.

거미줄 뒤에 몰래 숨은 산딸기는
붉은 얼굴을 수그리고
손 내밀면 톡 가시로 앙탈을 부린다.

땀을 닦으며 바위 위에 걸터앉아 보니
칡넝쿨은 앙상한 바위마저 초록 화장을 시키고
만만한 나무줄기를 칭칭 감으며
개구쟁이처럼 높이 올라서고 있다.

빽빽한 나무 사이로 빛의 갈기 들이
화살처럼 쏟아지고 있다
화살들은 다람쥐가 되어 쪼르르 내달린다
산의 힘찬 맥박이 뛰놀고
산그늘이 잠시 눈을 감아 줄 때
나뭇잎 하나 살짝 사랑을 한다.

우물

우리 집엔 내 키 몇 배 깊이 파서
돌멩이를 쌓아 올린 우물이 있었다 .

가슴을 붙이고 뒤꿈치를 들고
고개를 쑥 내밀어 우물을 내려다보면
맑은 물이 일렁거리며 춤을 추기도 하고
수시로 얼굴을 바꾸며 마술을 부렸다 .

우물 안을 향하여 소리 지르면
만장굴 같은 심장이 있어 메아리로 돌아오고
겨울 아침에는 우물 신의 조화로
하얀 수증기가 피어오르기도 했다.

우물 속에는 많은 나무 잎과 열매를 맺는
요정들이 놀러 오기도 했고
솜털구름 조개구름이 드나들기도 했다.

어머니는 겨울밤에도 목욕재계를 하고
두 손을 나비처럼 펴서 빌기도 했다.

난 지금 새 우물을 파고 있다
온갖 새들과 바람과 추억이 발을 담그고
빈 가슴 눈길을 잠시나마 어루만질 수 있는
포근한 시어(詩語)의 우물을.

숲속 여인들

깔끔하고 매콤한 음식 찾아간 곳
몽당 한복 입은 어여쁜 여인들
하늘하늘 춤추다 물수건 가져오고
콩덕콩덕 장구 치다 김치 젓갈 가져 오고
나폴나폴 아코디언 켜다
생글생글 웃음 한바가지 흩뿌려주고 간다
음식 담은 접시를 다소곳 내미는 섬섬옥수
창칼의 비호아래 길드려진 손이라고는
믿기지 않는 고운 결
불새만큼이나 말랑할 것 같은 가녀린 가슴
수령님의 구겨지고 젖은 플래카드를 보고
놀라 울며 항거하던 모습은 어디에 숨겨 놓았을까
붉은 뺨 환하게 붉히며 저리
앙증맞게 웃을 수 있나
거울 속 나를 빼닮은 여인들의 품
가슴 시리게 아픈 곳
상하이 빌딩숲속 평양 식당 여인들.

굴레

칸막이도 없는 식탁이 감옥같다
우물 같은 마음은 옮겨 담지 못하고
불빛을 맴돌다 쓰러진 날벌레의
일그러진 형상들을 담아보지만
분리수거 파지 속으로 들어가기 일쑤다
식탁 위 휴지는 언제나 긴 헛바닥을 내밀며
어서 나비처럼 날고 싶다고 애원한다
내 감옥에는 말들의 난장으로 어수선하다
포도송이처럼 매달려있는 말들이
마구 섞이며 부글부글 끓기 시작한다
서툰 걸음마로 비틀거리며
삐질삐질 걸어 나온다
연기처럼 사라지고 말 영상들이
모락모락 작은 맥으로 이어져 나오고
하나라도 잡으려고 바들거리는 손은
자꾸 허공만 더듬는다
점으로 선으로 이어진 짧은 생명이
감옥의 철조망을 넘자 말자 날개 감춘
벌레가 되어 훅 날아 가버린다.

■ 제3부

안개 속에 잠긴 섬

소나기

하늘 한편 먹구름이 밀려오면
마당에서 썬 텐을 즐길 벼 생각에
치맛자락 움켜쥐고 심장이 터지도록 뛴다
도깨비춤을 추며 미친 듯 곡식을 끌어 모아
한쪽발로 가마니 입을 쩍 벌려
삽으로 푹푹 퍼 담는다
빗자루가 스쳐 지나간 자리마다
말쑥한 선들이 난 잎처럼 휘어진다
작은 빗방울들이 몸집을 키우며
후두둑후두둑 굵은 빗방울로 쏟아진다
너울거리는 빨랫줄의 빨래들을
처마 밑으로 확 밀쳐놓으니
자글자글 주름져 아코디언 같다
소나기가 마당에서 아코디언을 켠다.

은밀한 성

안방 벽장을 올라 천정 위 한 모퉁이
얼기설기 서까래 몇 가닥으로 만든
아버지의 은밀한 성
소 판 돈 금비녀 집문서
은행통장이 모여 있는 곳
완전한 비밀 장소는 없는 겐지
어찌 알고 쥐들이 우르르
몰려다니며 영역 다툼을 한다.

파발꾼의 말발굽소리처럼 요란하다
자다 말고 천정을 툭툭 치며
강제 휴전을 제안하기도 한다
아버지의 성에 고이 있어야할
내 졸업 금반지가 없어졌다.

신랑 쥐가 신부 쥐에게 예물로 바쳤거니
까맣게 잊고 있었는데
후두암으로 소리를 잃어버린 입 대신

찾았다며 살며시 내 손 안에 쥐어주던
반 돈짜리 금반지,

아버지!
그리움 살아나는 나의 아버지
한줌 빛도 들지 않는 눅눅한 반 평짜리
또 다른 성의 형편은 어떠한지요?

사과의 외경

붉은 손들이 와이퍼처럼 움직이며
저녁을 몰고 온다
감나무 끝에 걸린 찬밥덩이 같은 바람도
일광욕으로 뒤채던 곡식들을
더듬더듬 깨우느라 부산하다.

허리 굽혀 과수원 꼴을 매고 왔을
그녀의 꼴망태 깊은 곳
풀 더미에 거무튀튀한 점이 박힌
못난이 사과가 숨어 있다
사과는 해종일 밖에 나가 놀다 온
막내 동생 뺨처럼 붉다.

골목길 모퉁이 트럭에 수북이 쌓인
빨간 사과를 주섬주섬 봉지에 담다가
썩은 사과의 살점을 동그랗게 오려내던
주름져서 거칠어진 야윈 손을 떠 올린다.

시쿰한 사과를 씻지도 않고
치마에 쓱쓱 문지르곤
와지끈 볼이 미어지도록 씹어
입가에 허연 거품을 만들어 내던 그녀는
붉게 충혈된 노을 속에서 걸어 나온 낡고 녹슨
휠체어 바퀴 같은 세월을 닮아 있다.

할머니의 달

할머니는 몇 무더기 채소를 좌판에 깔았다
꺼칠한 손을 닮은 가지며
서리 내리기전에 훑은 풋고추
푸른 잎을 떼어낸 노르스름한 쌈배추가
살아온 세월을 빼닮았다.

새벽부터 밤늦게까지 일하지만
좌판을 벗어나지 못하고
고단한 삶을 이어간다
봉지에 싸여 떠나는 채소들처럼
할머니의 달은 언제나 펑퍼짐한
엉덩이 아래 깔려있다.

채소를 봉지에 담아 건넬 때
엉거주춤 엉덩이만 번쩍 든다
엉덩이를 들면 달은
쏜살같이 허공으로 달아난다.

잠깐의 자유가 달콤하다
하지만 그녀의 천근 엉덩이는
오래 들고 있질 못한다
달은 때를 맞춰 재빨리
엉덩이 아래 깔린다
할머니의 엉덩이는 참으로 따뜻하다.

엄마의 치매

짱짱하던 총기는 어디다 두고
허물어져가는 폐허만 붙잡고 씨름을 한다
꾹꾹 눌러 놓았던 상처는 동굴 같은
구들을 지나 굴뚝 위 연기처럼 떠돈다
신문지를 세로로 길게 쪽쪽 찢어
부추라도 된 양 톡톡 털기도 하며
다듬고 또 다듬지만
기억은 단단한 껍질을 깨고 나와
졸아 붙은 치매 세상을 펼친다.

병동에서 바라본 세상은 늘 새롭고
엉킨 실타래처럼 처음과 끝이 없다.
불쑥 한마디 농담을 내뱉다가도 눈물 말린
노기 띤 얼굴로 이내 침몰한다
가끔 막내 이름을 부르며
집에 가야 한다고 애원한다.
시간의 물레방아를 돌리고 있는
엄마의 머릿속 회로에도

익숙한 일을 습관처럼 해내는
일정표가 있었으면 좋겠다.

야레향

밤거리를 쓸고 다니는 광고 전단지의
찢기고 밟힌 악다구니가 불빛 반사를 받아
방랑자처럼 거리를 누비고 있다.

밤을 딛고 일어선 어둠과
직선으로 몸을 뻗는 빛들의 현란한 몸짓이
광란의 질주가 되어 일렁거린다.

불빛과 음주는 묘한 조화를 이루며
통제를 풀고 엉키며 절정으로 끌고
어둠이 주는 편안함과
일탈을 꿈꾸는 자가
타협하며 소용돌이를 만든다.

소용돌이는 크게 원을 그리며
용소의 바닥을 쓸며 지나가고
짙은 화장으로 피어난 도깨비가
어깨를 톡톡 치켜 올리며 앞장을 선다.

밤거리의 향수를 기억하는 사람들도
몸을 일으켜 함께 어둠을 들어 올린다
밤의 클레오파트라가 핏대를 세워
죽음의 선율을 지휘한다.

안개 속에 잠긴 섬

목포에서 쾌속선으로 달려온 나는 홍도 수용소에 감금되었다. 온통 푸른 물결만 넘실대는 바다의 숨구멍 같은 곳에서 자유낙하의 날개를 접어야 된다. 교도소 감방처럼 이름이 거명되더니 숙소가 정해지고 옥방 배식구로 밥 넣어 주듯 선택의 여지없이 정해진 시간과 자리에서 밥을 먹었다. 내 안의 작은 것들이 각을 세우며 잠시 일렁거렸지만 소리 내어 항거하지 못한다. 싸한 바람이 분다. 어둠과 함께 좁은 바위섬에 비가 내린다. 추적추적 밤새 내린다. 빗소리는 바다의 울부짖음을 닮았다. 먼 데서 달려와서는 항거하지 못한 채 부서지고 마는 파도는 체념의 파편들이다. 그 파편들이 더듬더듬 내 품속으로 들어와서 서럽게 울어댄다. 밤새 비는 하늘과 바다를 엮어 묶었다. 바닷물이 슬금슬금 기어 올라와서는 두껍게 층을 쌓더니 바위의 꼿꼿함 마저 삼켜버렸다. 섬과 바다는 혼연일체가 되었다. 나도 이제 안개의 일부가 되었다. 자궁 속을 유영하듯 편안하다. 한 뼘 밭의 양파와 유채의 노란 꽃대도 안개 속에 갇혔다.

목포댁

난 홍도 언덕 위 한 뼘 땅에 발을 묻고 서 있는 우체통이야. 오늘도 가장 멋지다는 촛대바위와 교신 중이지. 쾌속 연락선 알록달록 이방인을 토해 놓으면 오랜만에 때깔 좋은 사람들이 나타났다고 독수리 타법으로 열심히 손가락을 두들기지. 십년 전 남편을 바다로 보낸 목포댁이 뒤뚱거리며 일어나 손사래 치며 앉아보라 하네. 잘해줄게. 잘해 줄테니 앉아보소. 머릿수건 안에 요술 주머니를 숨겨 놨는지 말이 술술 나오고 똑같은 말을 거듭해도 지겹지 않네. 빤히 보이는 거짓말을 소주 들이키듯 잘도 하네. 짠 물에 허옇게 부어 있는 손으로 도다리 머리 톡 쳐서 상추도 없는 호일접시에 수북이 담아내지. 목포댁이 연락선 올 때마다 신나서 떠드는 입이 참 보기 좋아. 목포댁이 장사를 마치고 오리처럼 뒤뚱이며 걸어가는데 그녀의 엉덩이 위에 검붉은 저녁달이 내려와 함께 걸어가는 모습은 참 정겨운 풍경이야.

이사

어머닌 이사하기로 결정하셨다
알콜 목욕에 볼터치 화장까지 하고
삼베 우주복을 가지런히 입으셨다
여벌의 옷과 약간의 용돈을
허리에 꽁꽁 동여매고 우주선에 올랐다
셋 둘 하나 제로 화구가 닫히고
추진체가 힘차게 불을 뿜었다
숨고를 틈도 없이 순식간의 일이다
어머닌 하늘로, 하늘 높이 차고 올랐다.

까만 밤하늘을 올려보니
초승달이 조각배처럼 떠있다
문득 어머니가 피터팬이 되어
저 조각배를 타고 밤바다를
유람하지 않을까 생각했다.

남편의 넓은 가슴을 닮은 운석을
징검다리 건너 듯 뛰어 보고

수많은 빛들로 꽃밭을 이루는
은하수 강가를 산책하고
목성 토성 천왕성 해왕성 명왕성까지
탐험 하러 간다고 했는데
오늘은 어떤 타전이 올까 기다려진다.

장미여관

장미여관 홍등이 바람에 흔들리고 있다
조도 낮은 불빛은 쇠파리를 포로로 잡고
점점이 짙은 그림자를 만들고
군데군데 곰팡이가 세력을 뻗은 벽지엔
말없는 메아리로 가득 차있다.

깔깔한 이불 홑청을 기대한 건 아니지만
바람처럼 스쳐 지나간 인연의 고리들이
단단하게 묶여 지글대고
영혼의 비린 행려자들이 배고픔을 끌고 와
고단한 삶의 어깨를 내려놓아도 좋겠다.

바깥은 어둠을 버무린 비가 내리고
쉬 잠이 오지 않는 나는
이방을 스치고 지나간 흔적을 따라가본다.

집안 반대를 무릅쓰고 야반도주한 연인
자식 버리고 무작정 길 떠나온 탕아

모두가 나와 같이 불면의 밤을 보냈을까
이 방을 나선 순간 그들은 어디로 갔을까?

먼먼 바닷가에서 사내를 기다리며
시래깃국을 끓이고 있지는 않을까?
마른 밭을 매다 띄엄띄엄 떠나는 시골버스를
넋 놓고 바라보고 있지는 않을까?
비는 내리고 잠은 오지 않고.

진도에서 하루

이순신 장군은
울돌목에 물결 빠른 일자진을 펼쳐
몰려오는 적을 물리치셨다고 한다.

소용돌이치며 왜군을 무찌른 물살도
진도대교가 두 팔을 벌리고 서있으니
고단함을 노래하던 섬도 육지 행세를 한다.

몸뻬바지 입은 아낙들의 잰걸음
넓은 챙 모자에 가린 그을린 얼굴
조각조각 손바닥만한 논에
청보리가 한 뼘이고
노란 유채꽃은 가늘게 목을 빼
동 트는 새벽이슬에 입맞춤한다.

까끌막 외로이 서있는 만리향
바닷바람에 눈조차 뜨지 못하고
동백꽃의 진한 화장만이 오롯이 빛난다.

배하나 품지 못한 팽목항은
눈물에 젖어 배웅을 하고
스스로의 풍경으로 못 박힌
항구의 설움은 파도에 수척하다.

피서의 얼굴

개미허리 기상 캐스터는 연일
폭염 경보와 주의보를 쏟아내며
눈으로는 어서 떠나보라고 메시지를 보낸다
휴가는 당연히 가야하는 행사처럼
썬 캡을 찾아 쓰고 가방 가득 채워
열기로 가득 찬 집을 피해 길을 떠난다.

길을 나서자 고속도로에 차는 심한
동맥경화로 굼벵이처럼 기어가고
차에서 내리기만 하면 한증막 같은 열기가
얼굴과 가슴을 강타하며 달려든다.

좁은 차 안에서 끝말잇기와
산과 강 이름대기 놀이를 몇 번이나
했는데도 가야 할 길은 멀기만 하다
피서는 더위를 피해 다니는 게 아니라
더위를 찾아 나서는 길인가 보다.

집 떠나면 개고생이라는데
열기의 바다를 헤매다 다시 집으로 돌아오니
반가운 집 공기들이 우르르 마중을 나온다
거실 구석에 덩그렇게 서있던 에어컨이
빙긋 웃으며 자기가 넘버원이라고 외친다
꽉 끼인 옷을 벗고 시원한 수박을 뚝 잘라
입안에 넣고 지그시 깨물어 본다
차가운 기운이 날개를 달고 온몸을 달린다.

건조증

겨울이 오면 몸이 먼저 신호를 보낸다
개미가 기어가듯 스멀거림으로 시작하여
점차 자성 강한 독수리 부리가 되어 쪼아댄다.

가려움증은 목부터 얼굴 머리 가슴 팔등
파랑을 일으키는 물결처럼 퍼져나간다
긁고 또 긁어 피를 보고도 멈출 줄 모른다
날 세운 손톱 끝은 과녁을 정해둔바 없다.

보이는 모두가 과녁이 될 수 있다
하루에도 몇 번씩 발화점도 없는
불기둥이 솟아올라 마지막 남은 물기까지
비틀어 뽑아 올린다.

오늘도 자갈밭에 손톱 호미로 콕콕 찍으며
마른 농사를 짓다 문득
한 겹 껍질을 훌러덩 벗겨버리고 싶다
그러나 출발선에 선 달리기 선수처럼
한방의 총소리를 기대할 수는 없다.

깔때기로 된 몸이 금붕어처럼
물을 마시며 생각한다
마른 질경이 풀에도 생기가 돌아
새순이 돋고 환한 꽃으로 피어나듯
마신 물이 강물처럼 흐르고 흘러
폐허처럼 무너져 내리는 집 마당가에
노란 민들레꽃으로 피고 싶다고.

폭풍은 지나간다

그는 구로동에서 구멍가게를 하는
마음이 따뜻한 사람이다
망망대해 작은 쪽배 하나 간들거리며 타고 가는
그에게 97년 쓰나미는 더 이상 항해를 할 수
없을 정도로 풍비박산을 냈다
소주 한 병 배낭에 넣고 관악산에 올라가
담배를 깊이 들이 마시던 그에겐
방바닥을 쓸며 배밀이 하는 어린 딸이 있었다.

새총으로 세상 곳곳 구멍을 내고 싶다던 그는
분노와 공허의 터널을 벗어나
다시 뿌리를 내리기 위해 몸부림 쳤다
보이지 않는 땅 속 마을은 거미줄 같은
그물망을 자랑하며 뿌리끼리 서로 단단하게
묶여 송곳 하나 꽂을 땅도 쉬 허락하지 않았다.

그는 땀방울로 땅을 다지며 몸을
꼿꼿하게 내려 박고 겨우 일어섰다

햇볕과 양분은 늘 부족했고
온갖 두더지들이 수시로 들쑤시며 흔들었다
작은 햇살 하나도 소중히 여기던 그에게도
두꺼운 나무 그늘이 드리우기 시작했다
첩첩 산중 골 깊은 음각을 모두 도려내니
머리카락은 희끗희끗 잔주름만 한 가득이다.

한라산 까마귀

오백나한상이 병풍처럼 서있는 산허리에
안개가 스멀거리더니 큰 입으로
푸른빛을 통째로 삼키기 시작한다
소화되지 않은 형체가 번뜩이며
아우성을 친다
바람이 지나간 자국 따라 길이 설핏 열리고
갇혀있던 산은 짧은 호흡을 한다.

나는 한라산 터줏대감 까마귀
계곡 곳곳에 포진하여 사람들을 감시하고
검은 날개를 퍼덕이며 비상하길 즐기지만
섹시한 포즈로 사진 찍히는 것도 좋아하지
땀 흘리며 숨을 헉헉 몰아쉬며 산을 오르는
지친 사람들에게 내 날개를 빌려주고 싶어
한 발 한 발 내딛는 사람들 곁에서
힘내라고 응원가도 불러준다.

안개 입속에서 묵묵히 걸어가다
경계의 벽이 허물어질 때
와아! 함성소리
풀잎도 일손을 놓고 쉬고 있는 대평원에
비상을 꿈꾸는 한라산 까마귀가
원을 그리며 빙글빙글 날아다니지.

폐차

너와 난 언제나 동행이었다
춘천에서 강릉 가던 칠흑같이 어두운 산길
내비게이션도 없는 초행길을
네 눈동자에 의지하고 더듬거리며 갈 때
든든한 길잡이가 되어주었지.

오늘도 들판으로 달려 나갈 꿈을 안고
축축한 지하에서 긴 밤을 기다렸는데
굵은 쇠 허리에 칭칭 감겨
솜틀처럼 가볍게 올려졌고
닳고 닳은 몸 금세 너들너들해져
꿈꾸며 달려야할 바퀴를 주저 앉혀버렸다.

갓 태어난 아기처럼 눈빛을 반짝이며
핸들을 내게 맡기던 그 순간들이
아직 손끝에서 활어처럼 펄떡거리는데
거미줄에 걸린 나비의 마지막 몸부림처럼
파르르 떠는 모습을 보니

엉덩이로 바닥을 쓸며 점점 가라앉던
우리 엄니의 몸부림을 보는 듯하다.

감꽃처럼 단단한 웃음 쫓아버리고
치매 병동 침침한 어둠속에서
산소 호흡기 코걸이처럼 걸고
천근같은 눈꺼풀 밀어 올릴 힘조차 없어
그렁그렁한 눈 늪 되어 꺼져버렸지
너의 반짝이던 헤드라이트 불빛도
늪 속으로 스르르 침몰하고 있는 중이다.

폐교

너른 들판에 홀로 항해를 해야 하는 배
고동소리를 내며 함성을 지르는 일은
꿈틀거리는 교실과 운동장이
빚어내야할 목소리……

만국기가 휘날리는 운동회 날
총소리와 함께 튀어 나가는 발의 역사
숨이 턱턱 막힐 정도로 힘차게 내달려도
제비같이 날쌘 일등의 다리가 결승선을
통과하는 모습만을 봐야했다.

미끄럼틀 뒤에는 커다란 가마솥이 걸리고
동네 어른들 바쁜 농사일도 접고
들뜬 마음으로 부산하게 움직이던 날들.

몇 바퀴의 세월이 흐른 뒤
원양선 같았던 학교는 돛단배처럼
간들간들 숨이 턱에 차올랐고

함성으로 쩌렁쩌렁한 운동장은
사람 냄새 대신 온갖 풀씨들을 불러 모아
우묵한 풀 성을 쌓았다.

유도 선수의 꿈

– 런던 올림픽

시작을 알리는 종소리가 울렸고
경기는 시작되었다
요동치던 심장은 차분히 가라앉고
다리와 팔의 움직임은
냉정하고 간결하게 상대를 제압해갔다.

기어이 금메달을 입에 물어 보리라
체면처럼 다짐하던 날들을 상기하며
여름날 천둥 번개 치며 소나기 내려붓듯
한 올의 힘도 남김없이 쏟아 부었다.

요리조리 살살 피하던 상대선수도
불꽃을 발사하며 달려들었다
단말마 같은 시간은 순식간에 지나갔다
땀인지 눈물인지 눈조차 뜨지 못하는
일그러진 얼굴 위로 타고 내린다.

상대편 선수의 손이 올라가고
땀으로 얼룩진 시간들은
슬픈 노래가 되어 귓가를 맴 돈다.

매트위엔 고된 훈련으로 숨이 턱턱 막히고
잦은 부상으로 팔이 꺾이고
무릎이 깨어지던 내 모습과
힘내라고 응원하는 부모님의 얼굴이
일렁거리고 있다.

안림초등학교

안림천 뚝방 아래 출항하는 원양선처럼
플라타너스 높은 굴뚝 기둥을 세우고
기적소리를 내는 학교가 있었다.

우리들 시장기처럼 늘 허기진
목조건물은 삭정이 같은 마른 다리가
뛰어도 삐거덕 찍찍 장단을 맞추어주었다.

간혹 붕어 아가미처럼 입을 벌리는
교실 바닥에서 머리카락 뭉치가 보이기도 했다
여린 손들이 옆 교실에서 옮겨온
산바람 같은 풍금 소리에
고만고만한 채송화 봉선화 백일홍이
씽긋 웃음을 날리곤 했다.

키다리 기린이 서있는 화단에 무궁화 꽃이
피어지며 보라색 번데기 같은 몸을
돌돌 말아 툭 떨어뜨렸다
할머니 해소 기침에 명약이란다.

여름방학 때 십리나 되는 먼 길을 혼자
무궁화 꽃을 주우러 갔었다
시커먼 교실에서 급소를 낚아채는 연기처럼
교실바닥에 있던 머리카락들이 몰려나와
내 다리를 붙잡을 것 같아 오싹했다.

선물을 받고

포항에서 공방을 하는 친구가 선물을 보냈다
큰 박스 안에는 묵향이 가득한 한지에 고이 싼
그릇들이 씽긋 웃으며 나를 반겼다
흙을 치대고 물레를 돌리고 유약을 바르면서
정성을 보탰을 그녀의 분신 같은 도자기를
식탁 위에 하나씩 꺼내며 상상의 밥상을 차린다
옥색 뚜껑이 있는 밥그릇에 사랑으로 양념한
잡곡밥을 소복이 담고
연잎처럼 화사하게 핀 오목한 접시에
온갖 야채들을 넣어 눈꽃 드레싱을 올린 뒤
내 입술 같은 빨간 앵두를 앙증맞게 올려볼까
하얀 채반에는 메밀국수 사리를 돌돌 말아 얹고
항아리 닮은 갈색 캔들에 허브 향 짙은 초를 꽂아
은은하고 부드러운 향기로 채워볼까
우포늪 갈대를 닮은 큰 쟁반에
달빛같이 고운 그녀를 올려놓고
밥 한번 같이 먹자 권해 볼까.

청자에 고인 물은 천년을 간다는데.

■ 제4부

할미꽃은 어디 가고

천리향

너의 향기는 천리를 간다지?
아무 생각 없이 창문을 열었는데
찡, 눈물이 날것만큼 반기는 너
오목조목한 가지에
뭉텅이뭉텅이 핀 듯해도
하나하나 별이 되어
연분홍 미소를 만들어 내는 너
베란다 한 모퉁이에서
쇠겨울 한파를 밀어 올리며
천리를 내달리겠다고
환하게 환하지 않게
고개를 들어 올리던 너
그 부드러운 살결 느끼고파
코끝을 들이대고 킁킁거린다.

사내가 사는 법

채울 길 없는 빈 수레 덜컹거리며
비탈길 뚜벅뚜벅 올라갑니다
몸은 땀을 뿜는 분수가 되고
심장은 피스톤을 바삐 돌리는 기계처럼
회전속도를 높입니다
한 발 한 발 내딛는다는 것은
목숨 같은 자존심을 빳빳한 지폐처럼
주머니에 구겨 넣는 것이고
불끈불끈 솟는 파란 정맥혈관은
팽팽해져서 곧 터질듯합니다.

메마른 전쟁터에 삽자루 하나 달랑 들고
젖은 물길을 찾는 그에게
뒤돌아보는 것은 금기 사항입니다
늘 봄과 가을은 달리는 버스 차창처럼
그를 비켜 갈뿐입니다.

늦은 저녁 달빛과 별빛을 지고
현관문을 열고 들어섭니다
하루를 견딘 등이 소파에 먼저 엎어지고
펴지지 않는 등뼈는 금세 물렁물렁
자꾸만 휘어져서 동그라미가 되지 않을까
스미어 고인 길고 긴 생의 흔적들이
흥건한 물결을 이루며 파도를 칩니다.

가을의 뒤태

가을산은 만물상인가
만가지의 얼굴로
만가지의 풍경을 그려낸다.

붉게 노랗게 농익은 산길을 가니
조붓한 바람이 휙 지나가고
조잘대던 나뭇잎은 우수수
단풍 눈 되어 팔랑대고
여인의 속치마가 뒤집어지듯
붉은 잎새가 뒤태를 보이며 얼굴을 붉힌다.

카메라 세례를 받은 샛노란 잎은
섹시한 포즈로 방싯거린다
살살대며 재롱을 부리던
작은 조막손들이 자꾸 말을 건다.

아뿔사 겹겹이 쌓인 낙엽이
미끄럼을 태우네

아픈 엉덩이 일으켜 세우는데
묵은 낙엽이 흰 허리 돌돌 말아
데굴데굴 구르고
바위틈에 걸린 조각해가 키득거린다.

계절풍 지나가다

구불구불 덜컹거리는 시외버스를 타고
어둠이 내리기 시작하는 작은 읍 고령에 갔다
하루 전에 내린 비로 강둑이 터져
건재상의 많은 물건들은 거리로
쏟아져 나와 있고
시골 다방의 불그죽죽한 소파는
손님 엉덩이 대신 서로의 가슴을 안으며
겹겹이 쌓여 있다
물 먹어 빵빵해진 자동차는 렉카차에 끌려
어디론가 향하고 데모 진압용 물대포가
진창이 된 도로를 핥는다
농협 뒷마당에 산더미 같이 쌓인 물건들
불어터진 누런 박스 틈으로 삐죽 나온
세제의 파란 글자가 도드라져 보인다
전통시장 먹거리 골목엔
빈 바람만이 회오리치며 건너가고
산사태로 집이 무너져 먼 길 떠나신

할아버지 영정 앞에
평소에 안면 없던 정치인들이
향불을 피우고 카메라 셔터를 눌러댄다.

문병

비닐종이 같이 얇은 살갗에
자주색 가는 줄이 핏줄이란다
저렇게 희미하고 가는 줄에 피가 돌아
생명의 꽃으로 피어있다는 게 경이롭다
산과 들로 누비고 다닌 까칠한 발이
가늘게 떨고 있다.

그녀는 보름달을 보며 달 이야기를 하는데
난 뭇별을 바라보며 별 이야기를 한다
어쩌다 손을 만지며 교감을 시도해 보지만
누에 껍질 속으로 들어간
번데기처럼 꼭꼭 숨어버린다.

이제 그녀는 잰걸음 치며 모이를 주워
나르던 날개를 접고 입술만 오물거린다
그녀를 홀로 두고 돌아서는데
가는 팔이 나뭇잎처럼 흔들거린다.

노천탕

저녁을 먹은 초승달이
똘마니 별들을 데리고 밤마실을 나왔다.

휘리릭 둘러보던 눈들이 일제히
산자락 아래 뿌연 안개가 모락모락
피어오르는 곳에 정지되었다.

십이월 칼바람을 헤집으며
홀딱 벗은 여체들이 한밤에
노란 수건 한 장 달랑 들고
부끄러움도 모르고 내달린다.

노출의 시간은 점점 길어진다
초승달이 실눈을 뜨고 주시한다
유황물이 철철 흘러넘치는 독탕에 앉아
희고 긴 손가락으로 머리카락을 쓸어내리며
연꽃처럼 발그레 몸을 이리저리 뒤척이는
요염한 그녀는 새로운 눈요깃감이 되었다.

변씨

내 직업은 여행작가
입에서 항문으로 이어지는
길고 긴 길을 빠짐없이 감상하고
낱낱이 기록하는 일을 한다.

톱니바퀴처럼
맞물려 빠득거리는
잇방아를 지나다 보면
내 몸은 부서져 만신창이가 된다.

깨어진 몸은
액체 탐험선을 타고
낭떠러지를 쭉 미끌어져
거대한 호수에 도착한다.

풍랑이 심한 호수에서
뱃노래는 착각인가.

식성 좋은 호수는

단숨에 집어 삼켜
잘게잘게 난도질한다.

다시 강한 힘에 이끌려
들어간 방은
진드기 같은 자석방이다.

내 몸에 빨대를 꽂고
남김없이 빨아 당기다
빈껍데기만 남기고서야 겨우 놓아 준다.

뗏목 탄 내 몸은 어서 어둔 동굴에서
빠져 나가길 염원한다.

불빛 반짝이는
고향이 바로 저긴데
고장 난 자동차처럼
부르릉 소리만 지른다.
나의 기행문은 자꾸만 길어진다.

디딜방아 액막이 놀이 *

옛 구릉 광명 철산에 역병이 번져
마을이 진염병으로 위태할 때
이웃동네 디딜방아를 훔쳐
액막이 제를 올려
역병을 물리쳤다는 전설.

당그랑 당당 꽹과리소리 맑은 혼 불러내고
둥둥 북소리 장구소리 뭉친 어혈 풀어 주고
사뿐사뿐 아낙들의 어깨 춤사위
훨훨 나는 새처럼 가볍고도 환하다.

깃발 움켜 쥐고
방뎅이 쑥 내밀며 좋다, 좋다 외쳐대고
상쇠의 거친 숨소리
상여꾼의 구슬픈 만가는
구경꾼들의 가슴을 파고들고
막걸리와 두부 김치 돌리며

한 잔하세 한 잔하세
얼근한 김에 어질어질
하늘 감아 돌린다.

* 디딜방아 뱅이(디딜방아 액막이 놀이)−400년 전부터 내려오는 경기
  광명 민속놀이

부도수표

왕년에 자갈치 시장에서
쌈닭으로 한 가닥 했다는 할머니
비릿한 생선 냄새가 향수인양
전대 주머니 속을 꽉꽉 채우고
소금에 절인 손바닥 벌겋게 부어오를 때
생선 비늘처럼 쩍쩍 들러붙던 물 묻은 돈
한 푼 두 푼 모아 아들 이름으로 땅을 샀다
태산만큼 든든하여 먹지 않아도 거뜬했다.

등 굽은 나날들이 계속되면서
붉은 심장 같은 땅을 팔기 위해
수렁 같은 금고를 열어보니
이미 눈 밝은 아들이 맛있는 음식인양
한 입에 톡 털어 먹은 후였다.

짠 간장으로 밥을 먹어도 달디 달았는데
헛바늘이 돋은 입안에 산해진미도
온통 쓴 맛 뿐이다

돌아앉은 산도 시치미를 떼어
길 위에서 방향을 잃고 말았다.

무법천지

자투리 묵밭이 있다
풀들이 큰 키와 근육질 몸매를
자랑하며 우묵한 덤불을 만들었다
누구라도 풀씨를 옮겨와 뿌리를 내리고
자리 차지하면 주인이 된다.

날카로움을 자랑하는 호미의 매운 맛을
보지 않아도 되고
곡괭이 도리질에 뿌리를 송두리째 뽑히지
않아도 되는 아늑한 곳이다
아주까리 두 그루가 가장자리에 수문장처럼
얼굴을 붉히며 서 있을 뿐이다.

일정한 거리를 띄우고 멍하니 쳐다보니
호박잎은 땅에 뒹굴다
나무 울타리를 넝쿨손으로 칭칭 묶어
우산 같은 둥근 잎을 펴서 헤실거리고
감자와 토마토 강아지풀 명아주 쇠비름은
풀숲에 감금당해 어깨조차 들지 못하고

풀썩 주저앉아 버렸다
난 주먹을 단단히 쥐고 발을 비비적거리며
들어가 보려하는데 풀쐐기가 쏜 화살을 맞고
깨끗이 항복해야 했다.

잡초가 푸른 팔을 뻗으며 광기로 번뜩인다.

볼라벤 태풍 지나가다

적도 바다의 이단자
몸을 일으켜 팔을 쭉 뻗어 기지개 켜더니
박차고 올라 비구름을 끌어 모아
눈을 당돌하게 뜨고
갈기를 세워 무참하게 사냥을 나선다
지나는 곳마다 환영의 무리는 늘어나고
길 막고 발길 잡는 보초병 한 명 없이
대양을 건너 거침없이 질주한다.

젖은 신문지 창문에 펴 바르고
청 테이프 칭칭 감아 임시방편으로
땜질처방을 하지만 태풍의 갈기 손들은
창문을 후려치며 험한 얼굴로
으르릉 위협을 가한다
만지고 스치는 것마다
깨어지고 넘어져 바스라진다
뒷골목의 똘마니마냥 분탕질을 해놓았다.

같은 방향으로 쏠리며 쓰러졌던 풀잎들
젖은 몸을 털고 일어나 풀벌레를 깨운다
벼 잎에 착 달라붙어 숨어 있던 메뚜기는
놀란 눈을 끔벅거리며 긴 한숨으로 풀고
놀란 방아깨비도 다리를 곧추 세우고
꽁지를 요리조리 흔들며 다시 방아를 찧는다.

장어의 生

시골 담벼락을 지나가는 늙은 구렁이처럼
수족관 밑바닥을 훑으며 꾸물거리던 장어
뻘밭의 물을 수십 번이나 게워내며
미끈하게 단련시킨 몸
주방장의 거침없는 손길로 긴 몸뚱이가
석쇠 위에 올려졌다
굵은 소금 세례를 받으며
젖은 몸을 꼬면서 마지막 춤을 추고 있다
동동거리며 악착을 떨었을 생이
경계를 넘나드는 불꽃의 긴 헛바닥 안에서
알알이 구워지고 있다
석쇠 위에는 끝도 시작도 없이 엉키며
막다른 길을 수없이 되돌아 나온 장어가
저 세상으로 막 넘어가고 있다.

님

노란 은행잎을 닮은 가을이

발그레 웃는 그대를 업고

사부작사부작 걸어와서

내 창가에 고이 내려놓는다

노오란 탱자 냄새가 물씬 난다

들녘을 비스듬히 비켜 떠 있는

둥근 보름달도 함께

그대를 마중한다.

건강체조

민첩하고 날렵한 것들은 다 가라
물렁하고 꺾이고 굽고 쳐진
나이테가 60개 이상인 방뎅이만 모여라.

신나는 음악이 나오면 방뎅이들은
씰룩거리며 절구를 찧고
맴을 돌기도 하며 딴에는
힘차게 페달을 밟는 자전거 바퀴처럼 돌아간다.

조금 전까지만 해도
싱크대 앞에서 손자 간식 만들고
걸레를 흔들며 거실을 누비었던 몸들이
신나는 음악에 취해 파란을 일으킨다.

앞으로 뒤로 옆으로 뱅그르 돌다보면
생의 잔기침들은 떨어져 나가고
옆구리를 실룩일 때마다 허리에 찬
물먹은 폐타이어들이 홀쭉해진다.

오늘도 어둠의 터널을 뚫고 나온 저 방뎅이들
파꽃으로 피어 흘러간 세월을 낚느라
하나 둘 셋 넷 힘찬 구호를 외친다.

경매

굶주린 암사자처럼 이글거린다
먹잇감이 된 사슴의 애절한 눈빛을 밟고
몰이꾼들은 분주하게 분위기를 띄운다.

나도 암사자의 대열에 낀다.

미리 투망을 준비하고 가장 날카롭고
뾰족한 화살을 쏘아 사슴의 뜨거운 피를
맛보려고 나무 뒤에 숨어 기다리는 중이다.

정체를 드러내지 않던 경쟁자들이
게걸스럽게 침을 흘리며 얼굴을 보이기 시작한다
드디어 내 차례 주먹을 꼭 쥐고
입술은 꽉 깨물며 앞으로 나아간다.

누런 봉투가 열리고 여섯 마리 암사자들은
맹렬한 눈빛을 난사하며 싸운다
하지만 나의 화살은 과녁을 뚫지 못한다.

팔다리의 힘이 한꺼번에 풀어지며
팽팽하게 조여오던 전율도 느슨해진다
철길 옆 산자락 아래 벚꽃이
그제서 웃고 있나 보다.

세월호

꿈을 꾸었어요
단무지 햄을 사서 김밥을 만들고
요즘 유행하는 신발도 샀어요
교복대신 어깨 패인 셔츠와
쫄쫄이 바지를 입고 셀카를 찍으며
장기자랑 춤도 춰 보았어요
공부하라고 잔소리 하시던 엄마도
뒤를 훔쳐보며 이제 다 컸다 합니다
앙칼진 언니도 아끼던 옷을 건네며
깨끗하게 입고 다녀오라고 했어요
드디어 배를 탔어요
배는 얼음 위를 달리는 스케이트처럼
쭉쭉 미끄러지며 잘도 나아 갔어요
좁고 답답한 교실을 던져버린 친구의
해맑은 웃음과 환호성이
푸드득 새처럼 날아 다녔어요
눈이 시리도록 반짝이는 별은
아기자기한 금빛 궁전을 지어 놓았어요

나는 푸른 날개를 가진 피터팬처럼
찰랑이는 수면 위를 높이 날아 다녔어요
그런데 갑자기 바다가 뒤집혔어요
가시도 없는 바다 손이 상처를 내고 있어요
어둔 동굴이 휘감으며 놓아 주질 않네요
내 몸이 빨간 꽃잎이 되어 떠올라요
엄마 저는 지금 어디로 가는 걸까요?
지금 꿈꾸고 있는 것 맞지요?

지옥

이천년 전 사막의 심장 깊은 곳에서
꽁꽁 숨어 살던 이집트 미이라가
타임머신을 타고 대영박물관에 불시착했다
로제타의 비밀스런 입이 열리고 말았다.

바싹 마른 몸 붕대에 칭칭 감긴 채
차마 부끄러워 눈을 꼭 감고
입은 꼭 다문 채 나락으로 떨어져
지옥 형광등 불빛을 견뎌내고 있다.

한평생을 살고도 모자라 더 살려 한
욕심은 싸늘하게 붕대 속에 갇혔고
다시 한 번 부활을 염원한 눈빛은
푹 꺼진 해골만큼이나 처연해 보인다.

호기심 많은 과학자들은 미이라 내부를
단층 촬영한 영상을 내걸고
진짜 사람이니 확인해보라고 으스댄다.

화살의 시위는 이미 떠나 돌이킬 수 없고
바싹 마른 주름살 사이로 파고드는
지옥 형벌이 마지막 숨결마저 옥죄고 있다.

짬

동네 사람들은 힘든 모내기 중에 잠시
무논에 자란 미나리를 낫으로 쓱쓱 베어
커다란 양푼에 무치고
막걸리 손가락으로 휘휘 저으며 한 사발
목젖을 깔딱이며 쭉 들이킨다.

옥산댁의 구수한 입담에
자지러지듯 배꼽 잡아 웃는다
김씨는 장구가락에 맞추어
그 틈에도 몸을 흔들어댄다.

하얀 분칠한 엄마가
자물쇠 찬 주머니를 열어
유령 같은 안개 속에서
아이스케이크를 꺼낸다.

아이스케이크는 아까워서 깨물지도 못하고
혀를 살살 돌려가며 물만 빨아 먹어도

몽당연필처럼 작아진다
이 모든 것이 잠시 짬이 날 때
마술을 부린 엄마가 만든 일이다.

심부름

어머닌 저녁밥으로 잔치국수
고명으로 쓸 부추를 베어 오라신다.

부추 밭은 동구 끝 모퉁이를 돌아
늙은 호박이 엉덩일 까고 있는 둑을 지나
상여 집 너머에 있다.

내가 무서워하는 곳은 상여 집과 당산
어깃장을 놓아도 소용없음을 안다
가야 할 길과 달려야 할 좁은 길 위에서
내키지 않는 걸음을 옮기며 심호흡을 한다.

턱뼈는 빠그닥빠그닥
심장은 벌렁벌렁
다리는 후들후들
평소 생각지도 않던 주문이
마른 땀처럼 삐질거리며 나온다.

상여 집 어둔 기운이 천둥 같은 힘을 뻗쳐
내 머리채를 잡아채는 듯하여
다리 근육은 번개처럼 땅에 닿자마자
다시 튕겨 올랐다.

저만치 달려서 헐떡거리던 숨을 몰아쉬는데
소쿠리 안 부추가 귀신놀이 한 듯
산발한 채 엉켜있다
부추도 상여집이 무서웠나 보다.

쪽박 인생

인생은 쪽박 인생

그 쪽박 채우기에

허겁지겁 하다

무엇을 채워야 만족할까

무엇으로 가득 차야 행복할까

가득 차면 행복하긴 하는 걸까

이나 저나 다 비우고 떠날

쪽박 인생은 뒤웅박 인생

뒤웅박 차고 바람 잡는다

할미꽃은 어디 가고

어머님도 없는 삽짝문 들어서니
차례상 준비하던 동서가 지친 듯 맞아준다
안방 벽에 박혀있던 대못이 입을 앙 물고
힘겹게 어머니 옷을 물고 서있다.

갓 시집 온 며느리 군기반장 되어
여기저기 달랑거리며 참견하고
옥상 장독대 항아리 여닫으며
하나라도 더 먹이고 싸주시던
어머님은 지금 병원에 계시는데.

회 칠한 곳간 문 열어 보니
퀴퀴한 곰팡내가 달려 나오고
플라스틱 화분에 소복이 자란 쪽파는
어머님 얼굴처럼 하얗게 말라가고 있다.

■ 작품해설

일상 속에서 건져 올린 일상 이상의 것들

오 봉 옥
(시인·서울디지털대학교 교수)

1.

요즘 늦깎이 시인들이 많습니다. 평생을 먹고 살기 위해 몸부림 치다가, 가족을 위해 온 몸을 바쳐 일하다가 늘그막에 묵혀 둔 꿈 한 자락을 펼쳐 시인이 된 사람들. 그들을 보노라면 눈물부터 앞 섭니다. 남들은 노래교실이니 댄스교실이니 하며 즐길 수 있는 프 로그램을 찾아갈 때 혼자서 조용히 시창작반의 문을 두드려 '사색 의 길'을 찾아 나선 사람들이니 가슴이 싸해지지 않을 수 없습니 다. 이정희도 그렇게 만났습니다.

광명시 평생학습원에 특강을 하러 갔더니 제일 앞자리에 앉아 열심히 메모를 하며 듣고 있었지요. 일회성 특강인지라 그냥 재미 삼아 편하게들 듣는 게 보통의 모습인데 유독 메모를 하며 열심히 듣고 있었으니 관심이 가지 않을 수 없었습니다. 그날 이후 몇 번의 특강을 거듭하면서 그녀에게서 특이한 점을 발견했습니다. 수업이 끝나기 무섭게 다른 강좌를 듣기위해 사라진다는 사실이었습니다. 그것도 문학공부와는 사뭇 분위기가 다를 '난타'를 배우기 위해서라니 고개를 갸우뚱하지 않을 수 없었습니다.

시공부를 하러 오는 사람들을 보면 조용하고 사색적인 경우가 많습니다. 혼자서 조용하게 책 읽는 걸 좋아하는 사람들이니 당연히 그런 분위기가 형성될 수밖에 없을 것입니다. 또 한 가지, 상처를 입고 오는 사람들이 많습니다. 시어머니 모시고 남편 뒷바라지 하다가, 그리고 자식이 다 클 때까지 자신의 이름도 잊어먹고 살다가 나이가 들어 불현듯 '자아'를 찾기 위해 오는 사람들이니 저마다의 가슴에 '상처' 하나씩이 새겨져 있는 것이지요.

현대사회는 우울중 환자를 양산할 수밖에 없다고 하는데 우울중에 걸려서 오는 경우도 많습니다. 그러면 나는 그 분들의 이야기를 들어주는 것으로, 그 분들 속에 눌러두었던 이야기들을 끄집어내주는 것으로 '의사'의 역할을 하기도 합니다. 놀라운 것은 그동안 억눌린 채 살았던 자신의 생활을 토로하는 것만으로도 모두들 조금씩 좋아진다는 사실입니다.

그런데 이정희는 보통의 사람들과 분위기가 사뭇 달랐습니다. 씩씩했고, 밝았으며, 매사에 긍정적인 듯 보였습니다. 수업이 끝나기가 무섭게 사라지는 빠른 발, '난타'를 배운다는 게 얼마나 신나는 일인지 자못 들뜬 모습으로 자랑을 하기도 했습니다. 경험적으로 볼 때 그런 분들은 중도에 포기하는 일이 많아서 걱정스럽게 쳐다보았습니다. 그 어떤 결핍이 시공부를 하게 만들어야 오래가는데 즐기듯이 오가는 것 같으니 그런 눈길을 보내지 않을 수 없었지요. 하지만 그런 건 기우였습니다. 그녀는 누구보다도 강의에 대한 습득이 빨랐습니다. 매주 글을 써왔고, 매주 시풍을 바꿔가며 필력을 높이고 있었습니다. 어떨 때는 타고난 이야기꾼으로서의 능력을 보여주기도 해 모두를 깜짝 놀라게 하였습니다. 그녀가 재현하는 지난 시절의 디테일 하나하나는 실제보다도 더 실감나는 경우가 많았고, 기성 시인의 감각을 넘어서는 표현들을 양산하기도 하였습니다. 그런 점에서 난 자연스레 칭찬하는 경우가 많았고, 그녀는 또 그에 대한 보답이라도 하듯이 더 좋은 시를 써서 보여주곤 하였습니다. 이번에 낸 시집은 그렇게 해서 만들어진 것입니다.

2.

이정희 시집 『길 위의 섬』은 어린 시절을 돌아보는 시편들이 많습니다. 그녀의 어린 시절을 아우른 시간적 배경은 대체로 60년~70년대 초 보릿고개를 넘어가는 기간에 해당됩니다. 당시의 상황이 개개의 민중들에게 가한 고통의 가장 절박한 형태는 말할 것도 없이 배고픔이었습니다. 그런데 그녀는 이 배고픈 시절을 그릴 때에도 그 배고픔 속에 함몰되지 않고 그것을 밝음과 따뜻함의 정서로 바꾸어놓습니다.

늦가을 늙은 고춧대를 뽑아낸 텃밭에 구덩이를 판다
둥그렇게 흙을 파 내려가면 땅속 세상은 맑고 깨끗하다
지푸라기를 솔솔 펴서 무들이 쉴 자리를 깐다
못난 놈 잘난 놈 잘 빠진 놈 구별 없이
한 구덩이 소복이 쌓으면 땅속 향기에 젖은
무들은 싱싱한 엔진을 가동한다.

무덤 속 세상은 무들의 세상
겨울을 견디는 건 그들의 몫이다
트림과 방귀가 드나들 옆구리 쪽문도 있다
완벽한 UFO가 되어 세상을 둥둥 떠다니며
달빛 햇빛 맛나게 골라먹는다.

나는 가끔 탐험선 옆구리로 난 문을 열고
짧은 팔을 푹 찔러 넣어 염탐을 하다
깜깜한 허공을 부지깽이 창으로 찌르기 시작한다
여기저기 마구 찌르다보면
창끝에 미끈한 놈이 걸려 나온다
솜털 같이 뽀송한 하얀 뿌리에
땅속 이야기가 주렁주렁 매달려있다.

–「무 구덩이」전문

배고픈 시절, 기나긴 겨울을 이겨내기 위해서는 감자나 고구마 그리고 무 같은 것들을 잘 저장해 두어야 합니다. 이 시는 땅 속에 무덤을 저장해놓는 방법하며 그것을 꺼내서 먹는 방법에 이르기 까지 자세히 묘사해놓고 있습니다. 구덩이를 파서 지푸라기를 깔 고, "트림과 방귀가 드나들 옆구리 쪽문"도 열어놓고, 그리하여

"짧은 팔을 푹 찔러 넣어 염탐"을 하기도 하고 "깜깜한 허공" 속으로 "부지깽이"를 찔러 넣어 걸려나오는 놈을 빼내는 일에 이르기까지 실제보다도 더 실감나게 묘사해놓은 것입니다. 이 묘사가 실제 이상의 느낌을 안겨주는 것은 그녀가 펼치는 상상력 때문입니다. 무들을 살아있는 생명체로 상정해 "싱싱한 엔진을 가동"하고 있다든지 "옆구리 쪽문"을 통해 "완벽한 UFO가 되어 세상을 둥둥 떠다니며 달빛 햇빛 맛나게 골라먹는다"든지 무들을 땅 속에서 꺼내놓으면 "솜털 같이 뽀송한 하얀 뿌리에 땅속 이야기가 주렁주렁 매달려있다"든지 하는 실감나는 표현들이 상승작용을 일으켜 이 시의 분위기를 더욱 더 넉넉하고 풍요롭게 만드는 것입니다.

이와 비슷한 그녀의 시 「겨울이야기」 역시 가난이라는 체험의 처절한 인식으로부터 비켜나, 그녀 자신의 개인적인 그리움에 더 깊숙이 의존하여 '배고픈 시절'을 참으로 아름다운 광경으로 그려내고 있습니다. "방구들 데운 솔가지 이글거리다 숨이 죽으면 부지깽이 휘휘 저어 고구마"를 묻어두기도 하고, "아궁이에 별똥별"이 건너와 까무룩거릴 때 "고구마 살점을 한 입 베어 후후 혀를 돌려가며" 먹기도 하고, 그런 뒤 이불 속에서 발가락을 "꼬물거리며 밤새 이야기꽃"을 피우기도 하니 말입니다.

그녀의 시에는 소시민의 건강한 일상성을 드러내는 시가 참으로 많습니다.

> 한내천변 다리 아래에서
> 늙수그레한 노인이
> 어스름과 함께 벤치 하나 차지하고

어둠의 무게만큼 기타를 칩니다.

머릿속 잠자는 언어를 일으켜 세우 듯
손가락을 퉁겨가며
실타래를 풀어 놓듯 음을 찾아 냅니다.

누런 보리밭을 지나게 하고
밤나무 향기를 끌어 모으기도 하고
토끼풀 귀를 간질거리기도 합니다.

하필 습기 차고 가로등도 없는 곳에서
자신의 등을 활처럼 구부리고
수금을 고르는지 까닭이 궁금해집니다.

연기도 불꽃도 없이 다 타버린
세월을 다시 활활 지피려는가
못 다 이룬 꿈 조각을 떼어 붙이 듯
오늘도 붙박이처럼 앉아 기타를 칩니다.

낮게 느리게 깔려오는 음은
그의 인생만큼이나 녹 쓸어 삐걱거립니다.

켜켜이 쌓아 놓은 그늘을 뚫고
발아 된 생명과도 같은 소리들이
신들린 손끝에서 꽃으로 피어납니다.
                          −「기타 치는 노인」 전문

이 시에는 낮은 곳에서 발견되는 삶의 아름다움이 있습니다. "늙수그레한 노인"이 기타를 치고 있는 곳은 다름 아닌 "습기 차고 가로등도 없는" "한내천변 다리" 밑입니다. 그런 곳에서 노인은 "자신의 등을 활처럼 구부린 채 수금"을 고르고 있습니다. 무심히 지나칠 만한 이런 광경을 화자는 참으로 따뜻한 시선으로 바라봅니다. 노인의 그런 모습을 "연기도 불꽃도 없이 다 타버린 세월을 다시 활활 지피려는" 것으로, "못 다 이룬 꿈 조각을 떼어 붙이듯 오늘도 붙박이처럼 앉아 기타"를 치는 것으로 묘사합니다. 나아가 그렇게 넉넉한 시선으로 바라보고 있기에 그 기타소리가 "밤나무 향기"를 끌어 모으고 "토끼풀 귀"를 간지럽게 된다는 사고로 전진시킬 수 있었던 것이겠지요. 이 시집에 이와 같은 시편들은 참으로 많은데 「김말똥 한의원」에서는 "김말똥은 말똥 같은 눈을 말똥처럼 굴리며/ 말똥 같은 환약을 가져와서는/ 이것만 먹으며 말끔하게 다 나을 수 있다고/ 말똥 구르듯 말똥말똥 얘기한다"고 말놀이의 재미를 곁들여 보여주고 있고, 「경매」에서는 "굶주린 암사자"처럼 이글거리는 자본주의 시장의 한 복판에서 화자 자신도 "암사자의 대열"에 끼어 "사슴의 뜨거운 피를 맛보려고 나무 뒤에 숨어 기다리는" 것으로 묘사해 보여주고 있습니다. 우리는 이 두 편의 시를 통해 자본주의 사회에서 살아가는 인간들의 삶의 비애와 연민을 느낄 수 있습니다.

이정희는 이런 소시민의 일상을 묘사 뿐 아니라 사물의 비유를 통해 실감나게 보여주기도 합니다.

선천적으로 허기져
잡식성으로 아무거나 잘 먹는다.

햇살의 속살을 야금야금 파먹고
스쳐 지나가는 바람의 살점까지
슬쩍 베어 먹는다.

달밤의 서늘한 어둠까지 먹어 치운
통통한 뱃살을 자랑하며 꿈에 부푼다.

부드러운 살결과 샛노란 속살은 매력 포인트
뻣뻣하기로 말하면 칼까지 팅팅 튕기더니
속눈썹을 살포시 내려 깔았다.

바다 소금 왕자의 합방 제의에
순순히 응하고
다리는 슬그머니 풀어지고
입술은 뜨거운 입맞춤을 원한다.

탐스런 곡선 구석구석
곱게 화장을 한다.

가느다란 쪽파가 눈썹달이 되어
찡긋 웃는 붉은 뺨에 걸리자
선홍빛 노을이 눈부시게 곱다.

― 「배추김치」 전문

이 시는 배추의 속성을 맛깔나게 표현한 1~3연, '배추김치'가 되기까지의 과정을 신혼부부의 합방으로 비유해서 보여주고 있는 4~5연, '배추김치'의 모습을 신부의 모습으로 비유해서 보여주고 있는 6~7연으로 이루어져 있습니다. 비유는 대상을 보다 더 실감나게 느끼게 할 뿐 아니라 시를 확장시키는 역할을 하기도 합니다. 이 시가 환기시키는 것은 민중의 삶입니다. "잡식성으로 아무거나 잘 먹고" 자란 배추, 그 배추가 "햇살의 속살을 야금야금 파먹고 스쳐 지나가는 바람의 살점까지도 슬쩍 베어 먹는다"는 표현에서는 물 한 사발로 빈 배를 채우고 진달래꽃을 훑어먹기도 하며 칡뿌리로 한 끼를 대신했던 지난날의 가난한 삶을 떠올리게 합니다. "바다 소금 왕자의 합방 제의"에 "다리가 슬그머니 풀어진다"는 대목에서는 가난한 가운데 행복했던 신혼시절이, 그리고 "가느다란 쪽파가 눈썹달이 되어 씽긋 웃는 붉은 뺨에 걸리자 선홍빛 노을이 눈부시게 곱다"는 대목에서는 숫기가 없어 조그만 일에도 얼굴을 붉히는 그 가난한 신부의 아름다운 모습이 오버랩 됩니다. 그런 점에서 이 시는 시 전체가 하나의 은유로 이루어져 있다고 해도 무방합니다.

이정희의 시가 실적 실감의 측면에서 높은 평가를 받을 수 있는 것은 개성적 비유와 정밀한 묘사를 앞세우기 때문이고, 그것이 그녀가 살아온 삶의 경험과 어우러져 독특한 화폭으로 펼쳐지기 때문입니다.

동네 뒷산 어머님 산소를 찾아가는데
길옆 바닥이 훤히 보이는
작은 우물 옆에 두레박이 앉아있다.
등목을 언제 했는지
바짝 마른 알몸으로 짧은 해를 핥고 있다.
—「겨울 풍경」전문

물이란 놈은 변신의 귀재다
자궁이 없어 잉태할 수 없음에도
부풀어 터지는 연꽃인가 했더니 어느새
발톱을 세우고 비상하는 매가 되어
잠방거리는 수면 위를 빙글빙글 돌며
범접 못할 신성구역으로 선을 긋고 있다
—「물안개」전문

붉은 입술이 구름을 끌어모으자
그걸 본 하얀 수술이 해롱거린다
유난히 긴 암술 기둥 끝 빨간 점은
붉은 태양을 마시는 촉수가 되어
여자들 달거리만큼이나 새빨갛다
—「게발선인장」전문

「겨울 풍경」에서는 우물가에 놓여있는 '두레박'을 "등목을 언제 했는지 바짝 마른 알몸으로 짧은 해를 핥고 있다"로 묘사하여 시적 실감을 높이고 있고, 「물안개」에서는 안개의 변화를 '부풀어 터지는 연꽃'과 '발톱을 세우고 비상하는 매'가 '수면 위를 빙글빙글 도는' 모습으로 묘사하여 눈에 그려질 듯한 느낌을 주고 있으며, 「게발선인장」에서는 '암술 기둥 끝 빨간 점'을 "붉은 태양을 마시는 촉수가 되어 여자들 달거리만큼이나 새빨갛다"는 개성적 표현으로 시적 실감을 높이고 있습니다. 이렇듯이 이정희는 별거 아닌 것을 '별거'로 만드는 특별한 재주를 지니고 있습니다. 그것은 위의 시들에서 확인할 수 있는 바와 같이 섬세한 관찰력과 말을 부리는 재주가 뒷받침되어 나오는 일이라 할 수 있습니다.

3.

난 어느 합평을 하는 자리에선가 이정희를 평하면서 작품 한 편한 편의 완성도와 함께 글감을 포착하는 능력과 그것을 감각적으로 재현하는 능력이 돋보인다고 말한 바 있습니다. 또한 그녀의 언어는 추상과 관념에서 벗어나 일상의 구체로부터 솟아오른 것들임을 지적하기도 하였습니다. 이정희의 장점 중 가장 돋보이는 점은 소시민의 건강한 일상성을 일관되게 보여주고 있는 점에 있습니다. 그는 글감을 특별한 것에서 찾지 않습니다. 그가 포착한 소재는 일상의 현실 속에서 나온 것들이고, 그가 밀고 나가는 주제는 일상 속에서 살아가는 시적 자아의 존재의식을 밀도 깊게 형상화한 것들이며, 그것을 재현해내는 언어 역시 일상어에 다름 아닙니다. 그런데 그녀에게는 별거 아닌 것을 '별거'로 만드는 재주가 있습니다. 일상적 언어를 독특한 느낌을 안겨주는 시어로 탈바

꿈한다든지, 지극히 평범한 일상의 한 대목을 화자의 독특한 감정과 정서로서 '일상' 이상으로 느끼게 한다든지, 지나간 날의 소소한 풍경을 그리움 가득한 풍경으로 탈바꿈해 읽는 이로 하여금 추억에 젖어들게 한다든지 하는 능력 말입니다. 나는 이 점을 이정희의 시세계에서 찾을 수 있는 가장 큰 미덕 중 하나라고 생각합니다. 다만 이 '일상'을 자연스레 담아내는 데 익숙하다보니 가끔 긴장된 시적 질서를 이루지 못하고 '일상' 이상의 느낌을 주지 못한 채 허망하게 끝나버리기도 한다는 사실입니다. 이 점을 염두에 두고 '일상' 속에서 시심을 움직이는 상황과 사물을 찾아서 보석 같은 시를 계속해서 쓸 수 있기를 기대합니다. 건투를 빕니다.

■ 이 정 희 李貞姬

1961년 경북 고령 출생. 효성여자대학교 졸업
2015년『문학세계』신인상 수상. 시인으로 등단.
동인지『천개의 귀』,『깊고도 푸른 바람』,『참 좋은 시간』
『꽃이어서 다행이다』등에 작품 다수 발표.
광명문인협회 회원.
14321 경기도 광명시 소하로 162 휴먼시아 아파트 702동 1403호
anesjjhh61@naver.com

길 위의 섬

초판 1쇄 인쇄일	2016년 1월 21일
초판 1쇄 발행일	2016년 1월 28일

지은이	이정희
펴낸이	황송문
편집장	김효은
편집 · 디자인	김진솔 우정민 박재원
마케팅	정찬용 정구형 정진이
영업관리	한선희 이선건 최재영
책임편집	우정민
인쇄처	월드문화사
펴낸곳	문학사계
배포처	국학자료원 새미(주)

등록일 2005 03 15 제25100-2005-000008호
서울특별시 강동구 성안로 13 (성내동, 현영빌딩 2층)
Tel 442-4623 Fax 6499-3082
www.kookhak.co.kr
kookhak2001@hanmail.net

ISBN	978-89-93768-39-8 *03810
가격	9,000원

* 이 책은 일부 광명시 문화예술발전기금으로 발간되었습니다.